LA CONFERENCE FAILLIE,

OV

LE MINISTRE SAVVAGE.

Euenez brebis efgarées,
Qui ne vous eftes feparées,
De vos legitimes Pafteurs,
Que pour fuiure des impofteurs,
Qui foubs ombre de vous conduire,
Ne ceffent point de vous feduire,
Et qui vous iettant dans l'erreur,
Vous immollent à leur fureur.
Quittez ces Pafteurs mercenaires,
Qui des plaifirs imaginaires
Qu'offre la fenfualité,
Flattent voftre infidellité ;
Qui foubs de fauffes apparences,
Et foubs de vaines efperances,

Se vantant de ce qu'ils n'ont pas,
Tendent le piege soubs vos pas,
Fuyez ces cruelles Hyënes;
Bouchez l'oreille à ces Sirenes,
Et vous parez des hameçons,
De leurs amoureuses chansons.
Fermez les yeux à ces cometes
Qu'on peut nommer les allumetes,
Des Guerres, des diuisions,
Des troubles, & des factions,
Et dont la plus belle figure,
Est tousiours de mauuaise augure,
Feux vollages, flambeaux errans,
Que les libertins ignorans
Tiennent pour des astres propices,
Mais qui meinent aux precipices,
Ceux qui sont assez mal-heureux
D'auoir quelque estime pour eux.
Laissez laissez ces lasches guides
Aussi meschans qu'ils sont timides,
Hommes sans Foy, gens d'interests,
Qu'à tout-heure l'on trouue prests,
Et de reçeuoir, & de prendre,
Mais qui n'oseroient entreprendre
De proteger dans le besoing,
Ceux qui sont commis à leur soing.
C'est ce que tesmoigne vne Histoire
Dedans tout Blois assez notoire,
Et c'est dont en mains lieux aussi,
On à mesmes preuues qu'icy.

Vous sçaurez donc qu'en cette Ville,
Vn certain Mercier fort-habille,
A faire valloir le tallent,
Qu'il a du Ciel tres-excellent,
En matieres de Controuerses,
Comme mille actions diuerses,
Dans lesquelles il s'est faict voir
Depuis vingt ans le font çauoir,
Et comme sans cesse il le monstre
Quand l'occasion s'y rencontre,
Commença depuis quelques iours
Par de simples, mais bons discours
A debiter sa Mercerie,
Et faire voir l'effronterie
Dont se sert Maistre Iean Caluin
Imputer à l'esprit Diuin
Mille absurditez, mille songes,
Mille erreurs, & mille mensonges,
Dont il à seduit tant d'Esprits,
Et qui tous les iours y sont pris
Par tout ce qu'il à de Sectaires,
Marquez des mesmes charactaires;
Qui dans la Chaire, & par escrit.
Font souuent mentir Iesus-Christ
Qui soustiennent que son Espouse
Depuis des Siecles au moins douze
Tombee en desolation
Ne doibt sa consolation,
D'auoir estée bien restablie
Dedans sa grandeur affoiblie,

Qu'aux detestables attentats,
De ces insolens Apostats,
Mauditte engeance de vipere,
Aueugles bourreaux de leur Mere,
Dont ils dechirent tout le sein
Pour faire esclorre leur dessein :
Eux dont les sacrileges plumes,
Dans les Saincts & Sacrés volumes,
Se donnent pouuoir d'adiouster,
De coriger, ou bien d'oster,
Selon que l'esprit de malice
Veut l'inspirer à leur caprice ;
Qui nomment nos traditions,
D'infernalles inuentions ;
Qui reprouuent tous les Conciles,
Comme des Decrets d'imbecilles
Et traittent nos plus grands Docteurs
D'idiots, ou de seducteurs,
C'est de ces sources empestées
Dont tant d'ames sont infectées,
Et l'effect du mortel poison,
Qui leur à troublé la raison,
Et les faict contredire eux mesmes,
Quand ils vomissent leurs blasphemes
Comme le Mercier de Paris,
Pour desabuser les Esprits,
Se promet de faire cognoistre,
Deuant qui l'on verra bon estre,
A tout heure comme en tout lieu,
Auecques la grace de Dieu.

Ce fut deſſus ces aſſeurances
Qu'apres deux ou trois Conferences
Qu'euſt auec ce braue Merci:r
Vn bien honneſte-homme , Officier
De la Maiſon de ſon Alteſſe.
Il luy dict Monſieur ie confeſſe
Que ie ſuis beaucoup esbranlé;
Mais ie voudrois auoir parlé
A quelqu'vn de Meſſieurs nos Maiſtres
Deuant vous, ou deuant vos Prebſtres
Pour auoir l'eſprit deſgagé,
De mille ſcrupules que i'ay,
Qui pourroient faute de ſcience
Embaraſſer ma conſcience,
Et m'inſpirer l'auerſion,
D'vne entiere conuerſion ,
Que i'ay reſolüe en moy meſme,
Et donc i'ay paſſion extreſme,
Vous ne me ſçauriez iuſtement
Refuſer ce contentement
Ce n'eſt pas à quoy ie reſiſte
Reſpond noſtre Controuerſiſte
Ie le veux, donnez moy la main
Plutoſt auiourd'huy que demain
Mais le plus grand mal que i'y treuue
C'eſt que i'ay ſouuent faict l'eſpreuue
Que vos Docteurs abſolument,
N'admettent aucun Parlement,
Qu'ils ne veulent point d'aſſemblées,
N'y de Conferences reglées,

Et qu'on n'en peut auoir raison,
Qu'en les prenant à leur Maison
Dont la porte m'est interditte;
Si de loing ie ne premedite,
Quelque tour de subtilité
Pour leuer la difficulté.
Mais quoy qu'il soit besoing de faire;
Ie consents de vous satisfaire.

    Quel Ministre desirez-vous ?
Qui menerons nous auec-nous ?
(Car il faut que quelqu'vn y vienne]
Monsieur le Curé de Vienne ,
Homme Docte , & d'integrité ,
De merite , & d'authorité :
Auec Monsieur Bernard le Prestre
Sera prié d'y vouloir estre
Comme Iuge des differens
    Qui seront mis dessus les rangs.

    Toutes les choses arrestées,
Comme elles estoient concertées,
A l'heure qu'on voulut choisir,
Plus propre selon le loisir ,
On s'en va dans le voisinage,
Du Sieur Ministre le Sauuage ,
Ou sans faire beaucoup de bruict,
Vn de ses Voisins est instruict ,
De la resolution prise,
Pour fauoriser l'entreprise.
Ce Voisin qui l'entend fort bien,
Ne faisant point semblant de rien,

Frappe à la porte du Ministre,
Ou sans rien craindre de sinistre,
Et sans dire aucun qui va-là,
La Seruante au premier holà,
Contre l'ordre du Sieur Sauuage,
Qui preuoyant quelque rauage,
Auoit ordonné tout exprès,
Quelle y prit garde de fort près,
Introduit l'Homme & sa sequelle,
Qui le suit, & monte auec-elle,
Dont s'apercenant par hazard,
Elle se souuint mais trop tard
De la deffence de son Maistre,
Qu'elle à beau dire au logis n'estre,
Qu'on arreste, & que pour le moins
On se remette sur ses soins:
Quelle en viendra faire responce:
Mais sans attendre de semonce
Le Mercier des long-temps fusté
N'est point pour cela rebutté
Plus elle faict de resistance
Plus le Mercier en faict d'instance
Protestant ne sortir mes-huy,
Qu'il ne le voye, & parle à luy;
Pour acheuer sa piece ourdie
Il la poursuit quoy quelle die,
Resolu de le bien chercher,
Sans que rien l'en puisse empesche,
Et s'il le faut en depit d'elle,
Faire allumer de la chandelle,

Pour mieux furetter en tout lieu,
En bas, en haut, dans le milieu,
Enfin il entre en vne chambre
Ou le froid du mois de Decembre
Ne se faisoit sentir que peu,
A cause d'vn bon & grand feu,
Aupres duquel n'estoit personne
Si bien qu'ausi tost il soubçonne
Que le Personnage cherché
N'estoit pas loing ny fort caché,
Il l'appelle ò Monsieur Sauuage,
De grace vn mot. A ce langage
Il sort hors de son Cabinet,
Auecq vn gros villain bonnet,
Faict, & fourré de peau de beste
Qui luy couuroit toute la teste,
A la façon d'vn Polonois
D'vn Moscouitte, ou d'vn Danois,
Ie ne diray rien d'uantage,
Du reste de son esquipage,
Car ie ne pretends pas aussi,
De faire son portraict icy,
C'est vn bel ouurage à remettre,
Quand le temps le voudra permettre,
Ie me contente du proiect
Pour continuer mon subiect.
Ce Docteur voyant tant de monde
Tout estonné murmure, & gronde,
Esleue sur eux des regards,
Plus noirs, plus fiers, & plus hagards,

Que

Que n'eſtoient ceux de ce Prophete
Dont Saül apprit la deffaicte
Puis leur tint le meſme propos.
Pourquoy troublez vous mon repos?
Pourquoy me venez vous ſurprendre?
Et que voulez vous entreprendre?
Quel commerce enſemble auons nous?
Ie n'en veux point auecques vous,
Sortez, ie n'ay rien à vous dire.

    Si bien ay-ie moy Docte Sire
Luy repartit noſtre Mercier.
Voyez Monſieur cét Officier
Qui pour le ſalut de ſon Ame
Crie apres vous, & vous reclame;
Depuis quelques iours ie l'inſtruits,
Et tant que ie puis, ie deſtruits,
En luy, l'erreur de la reforme,
Et de nos Dogmes ie l'informe,
Ie luy faicts voir nos veritez,
I'eſcarte ſes obſcuritez,
Ie l'eſclarcis dans chaque doubte,
Quoy qu'il m'obiecte ie l'eſcoute,
Luy donnant autant de loiſir
Qu'il en peut auoir de deſir;
Et de ſorte ie l'ay ſçeû prendre
Qu'il ne remet plus à ſe rendre
Ou que vous vouliez conſentir
Ou que vous vouliez deſmentir
Les veritez Euangeliques
Orthodoxes, & Catholiques

Dont il s'est faict entretenir
Et que ie viens vous soustenir
Si vous y voulez contredire.

    Sortez, ou bien ie me retire,
Respond le Ministre en courroux,
Ie ne veux point parler à vous,
Sortez, ie vous le dis encore,
Vous estes des gens que i'abhorre
Ie ne puis plus vous voir icy.

    Prenez-vous si peu de soucy
D'vne Brebis qui se separe
De la bergerie, & s'esgare
Respond le Mercier assez haut?
Est-ce en vser là comme il faut?
En vsez vous ainsi vous autres?
IESVS CHRIST, & tous ses Apostres,
Et le grand Docteur des Gentils
De cette sorte en vsoient-ils?
Le bon Pasteur bruslant de zele
Pour sa brebis, court apres elle,
La retire des dents des Loups
Sans en apprehender les coups
Et donne librement sa vie
Sans qu'à cela rien le conuie
Que le soing de la secourir
Et de l'empescher de mourir.
Cependant que le Mercenaire
Plus cruel qu'vn loup sanguinaire
Ne prend soucy de ses Brebis
Que pour en tirer ses habits

Que pour en prendre fa pafture
Et les laiffant à l'aduenture
Errer deffur leur bonne Foy
Les confidere moins que foy.
Souffrirez-vous quoy qu'on vous fomme
Deuant vos yeux perir vn homme
Sans luy vouloir tendre la main
Pour le remettre au bon chemin
Qu'il veut laiffer quand il vous laiffe
Et fouffrirez-vous par molleffe
Qu'on vous le rauiffe auiourd'huy
Sans faire quelque effort pour luy,
Et fans en dire vne parolle
    Ce raifonnement eft friuolle
Dict le Miniftre à gros bonnet,
Né vous l'ay-ie pas dict tout net,
Vous deuriez fortir tout à l'heure
Sans efperer fous le faux leûre
De l'homme que vous fuppofez
Faire ce que vous propofez.
Tel qu'il foit, & tel qu'il puiffe eftre
Ie ne le veux point recognoiftre,
Ie le laiffe pour ce qu'il eft
Et peut faire ce qu'il luy plaift
Ne penfez pas m'en faire acroire,
Et vous n'aurez iamais la gloire
De conferer auecque moy,
Ne me demandez point pourquoy.
    Ie fçay voftre excufe ordinaire
Refpond noftre Miffionnaire.

C'eſt pour de ſçauans tels que vous
Comme vous vous eſtimez tous
Rauaſler trop vos Miniſteres
Que de conferer de Miſteres
Auec vn homme du commun,
Vn babillard, vn importun,
Vn hypocondre, vn maniacque,
Pour ne dire vn demoniacque,
Vn reſueur, vn fol, vn lutin,
Qui ne ſçait ny Grec, ny Latin,
Qui ne fut iamais Philoſophe,
Vn homme de tres-vile eſtoffe.
Prenez que vous auez raiſon
Mais ſans faire comparaiſon
Voicy des Meſſieurs en preſence
De qui la haute ſuffiſance
Peut aſpirer à cét honneur.
Et ſe promettre le bon-heur
En tout, & par tout de reſpondre.
Efforcez-vous de les confondre
I'oſe bien vous en deffier
Si vous pouuez iuſtifier
Par la pure, & Ste. Eſcriture
Sans l'appliquer à la torture
Le moindre des points conteſtez
Contre leſquels vous proteſtez
Auec moins de droict, que de force,
Et qui ſont cauſe du diuorce,
Que vous auez faict auec nous,
Et qui nous ſeparent de vous

Dequoy certes le cœur nous saigne
N'estant aucun qui ne vous plaigne
De vous voir a vostre mal heur
Courir auec tant de chaleur
Ou pour mieux dire auec rage
Vous abandonner au naufrage.
   Mais pendant tels autres discours
Au Ministre il vient du secours,
Trois Partisans de sa doctrine,
Gens paistris de mesme farine
Que la Seruante asseurement
Auoit faict monter dextrement
Esperant que sera remise
Sa premiere faute commise
De procurer vn tel renfort
A son Maistre qui n'est pas fort.
C'est chose estrange ce me semble
Dict l'vn des trois ou tous ensemble
Et c'est contre toute raison
D'entrer dedans vne Maison
Sans sçauoir au moins si le Maistre
En est daccord, & veut parestre.
Il falloit au moins l'aduertir
Que vous veniez le diuertir,
Et luy faire demander l'heure
La plus commode & la meilleure.
   Si l'on à mal faict en ce point,
Ne vous en scandalisez point,
Repartit Monsieur de Vienne,
Il est aisé qu'on y reuienne.

Monsieur le Ministre prendra,
Telle heure, & tel tour qu'il voudra
Et nous tascherons de nous rendre
A l'heure & tour qu'il voudra prendre
Voila cheminer de bon train
Luy respondit le Sieur Morin,
Et est ainsi que l'on doit faire
De concert en pareille affaire.
Pour avoir satisfaction,
Et cette proposition
A mon sens est tres-legitime,
Ie l'approuue & de plus i'estime,
Qu'on ne doit pas la refuser,
Et que c'est tres-bien en vser,
Qu'en dites-vous Monsieur Sauuage!
Me veut-on reduire en seruage?
Dict-il en rehaussant la voix,
Me veut-on imposer des loix?
Ie n'en reçois point de personne,
C'est moy-mesme qui me les donne,
Non non, Messieurs ie vous promets
De ne le permettre iamais.
Ayant reparti de la sorte
Il commande que chacun sorte,
Et renfonçant son gros bonnet,
Il rentre dans son Cabinet.
Le rare & digne Personnage,
L'accomply Ministre Sauuage
Qui n'ose prester le collet
Ny faire vn coup de pistollet

Auec l'ennemy qui le presse
Qu'il dict estre Homme sans adresse.
  Ainsi ce iour fut terminé,
A de beaux exploits destiné.
Mais ce braue Cocq fit la poulle
Et se retira de la foulle
S'imaginant certes fort bien
Qu'il ny profiteroit de rien.
  Apres cela nos pauures Freres,
Les recognoistrez-vous pour Peres?
Les suturez-vous comme Pasteurs?
Les croirez vous comme Docteurs?
Eux qni n'en ont que l'apparence
Pour abuser vostre esperance
Et qui de vos plus grands besoins
Ne prennent pas les moindres soins.
S'ils sont Peres, ils sont barbares,
S'ils sont Pasteurs, ils sont auares,
Et sous le tiltre de Docteurs,
Ils recelent des imposteurs.
Desabusez-vous donc nos Freres,
Ne les appellez plus vos Peres,
Ne suiuez plus ces faux Pasteurs
Et n'escoutez plus tels Docteurs.
Rentrez au sein de vostre Mere,
A qui vostre perte est amere
Et qui s'offre à vous secourir
Si vous y voulez recourir.

Faict à Blois pendant la froidure
Qu'aßez malaisément i'endure
L'an mil six cens cinquante neuf
Au mois qui precede l'An neuf
Le Dimanche vingt & huictiesme
Du mois susdit pour le quantiesme.

A BLOIS.

Par FRANC,OIS DE LA SAVGERE
Imprimeur du Roy, de son Alteße Royale & de la Ville.

M. D. C. LX.

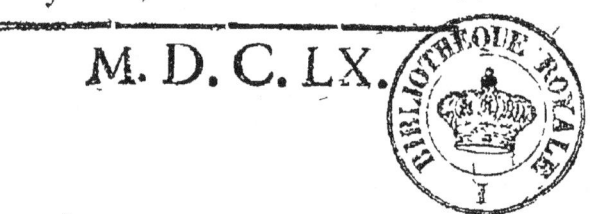